Disney

迪士尼
節日短篇故事集

新雅文化事業有限公司
www.sunya.com.hk

迪士尼節日短篇故事集

作　　者：Natasha Yim, Brooke Vitale, Satia Stevens and Isabel Gaines, Kathy McCullough, Leigh Olsen, Calliope Glass, Kate Ritchey, Magan Ilnitzki

翻　　譯：高君怡、羅睿琪

責任編輯：鄭幗明

美術設計：鄭雅玲

出　　版：新雅文化事業有限公司

　　　　　香港英皇道 499 號北角工業大廈 18 樓

　　　　　電話：(852) 2138 7998

　　　　　傳真：(852) 2597 4003

　　　　　網址：http://www.sunya.com.hk

　　　　　電郵：marketing@sunya.com.hk

發　　行：香港聯合書刊物流有限公司

　　　　　香港荃灣德士古道 220-248 號荃灣工業中心 16 樓

　　　　　電話：(852) 2150 2100

　　　　　傳真：(852) 2407 3062

　　　　　電郵：info@suplogistics.com.hk

印　　刷：中華商務聯合印刷（廣東）有限公司

　　　　　廣東省深圳市龍崗區平湖街道鵝公嶺春湖工業區 10 棟

版　　次：二〇一九年十二月初版

　　　　　二〇二二年十月第二次印刷

"Mulan's Lunar New Year" by Natasha Yim. Illustrated by Sophie Li. Design by Maureen Mulligan. Copyright © 2018 Disney Enterprises, Inc.

"Who's afraid of the Easter Bunny?" by Brooke Vitale. Copyright © 2020 Disney Enterprises, Inc., and Pixar. Based on characters from the movie *Toy Story 3*. Copyright © 2010 Disney/Pixar. Slinky® Dog is a registered trademark of Poof-Slinky, LLC. © Poof-Slinky, LLC. Mr. and Mrs. Potato Head® are registered trademarks of Hasbro, Inc. Used with permission. © Hasbro, Inc. All rights reserved.

"The Easter egg Hunt" by Satia Stevens and Isabel Gaines. Copyright © 2010 Disney Enterprises, Inc. Winnie the Pooh is based on the "Winnie the Pooh" works by A.A. Milne and E.H, Shepard.

"The Dragon boat Race" by Kathy McCullough. Illustrated by Disney Storybook Art Team. Copyright © 2018 Disney Enterprises, Inc.

"Scariest Day Ever" by Leigh Olsen. Illustrated by the Disney Storybook Art Team. Copyright © 2018 Disney Enterprises, Inc. Based on characters from the movie *Monsters, Inc.* Copyright ©2001 Disney Enterprises, Inc., and Pixar.

"Tricky Treats" by Calliope Glass. Illustrated by the Disney Storybook Art Team. Originally published in *5-Minute Spooky Stories*. Copyright © 2014 Disney Enterprises, Inc. Based on characters from the movie *Wreck-It Ralph.* Copyright © 2012 Disney Enterprises, Inc.

"Santa's Little Helper" by Kate Ritchey. Copyright © 2016 Disney Enterprises, Inc.

"Mater Saves Christmas" adapted by Megan Ilnitzki. Based on the book by Kiel Murray, copyright © 2012 Disney Enterprises, Inc. Based on characters from the movie *Cars.* Copyright © 2006 Disney Enterprises, Inc./Pixar. Disney/ Pixar elements © Disney/Pixar, not including underlying vehicles owned by third parties: Background is inspired by Cadillac Ranch by Ant Farm (Lord, Michels and Marquez) © 1974; Hudson Hornet is a trademark of Chrysler LLC; Chevrolet Impala is a trademark of General Motors; Fiat is a trademark of Fiat S.p.A.; Porsche is a trademark of Porsche; Volkswagen trademarks, design patents, and copyrights are used with the approval of the owner, Volkswagen AG; Jeep® and the Jeep® grille design are registered trademarks of Chrysler LLC; Sarge's rank insigni a design used with the approval of the U.S. Army; Ferrari elements are trademarks of Ferrari S.p.A.; Mercury and Model T are registered trademarks of Ford Motor Company.

ISBN:978-962-08-7385-0

©2019 Disney Enterprises. Inc.

©2019 Disney / Pixar

All rights reserved.

Published by Sun Ya Publications (HK) Ltd.

18/F, North Point Industrial Building, 499 King's Road, Hong Kong

Published in Hong Kong SAR, China

Printed in China

目錄

花木蘭

花木蘭的農曆新年

‧花木蘭的農曆新年‧

今天是除夕，即是農曆新年的前一天。花木蘭最喜歡的節日就是農曆新年了！

因為農曆新年是中國人的重要節日，所以大清早花家已忙碌地預備過年。木蘭聽到屋外傳來的聲音，也趕緊從被窩爬起來，打算去幫忙。

　　木蘭心急地跳下牀，卻一不小心被被子絆倒了，
她「砰」的一聲掉下牀，十分狼狽。

　　「哎呀！農曆新年快到了，遇上這種倒霉的事
情，好像不太吉利呢！」

　　木蘭一邊想着，一邊努力掙開捲着她的被子，
然後飛快地跑到衣櫃前，打開櫃門找出一件
衣裳穿上。

·花木蘭的農曆新年·

　　花婆婆走進木蘭的房間裏，她笑着說：「你真的很有創意！」木蘭這才發現自己把衣裳前後穿反了，她的臉蛋不禁羞得通紅。

　　「木蘭，也許你今天需要多一點福氣。」花婆婆微笑着說。

　　木蘭好奇地問：「多一點福氣？怎樣才可以增加福氣呢？」

　　「大家在農曆新年期間事事都講求吉利，以祈求增添福氣。來，給你插上紅花，紅色代表喜慶啊！」花婆婆一邊說，一邊把紅花插在木蘭的耳際。

木蘭重新把衣裳穿好後，跑到花園裏幫母親採花。

「我們用鮮花來迎接新的一年，」母親告訴木蘭，「它們會帶來平安和喜樂。」木蘭和母親把收集到的花插進花瓶，然後放滿全屋。

啪啦！

「不好了！」木蘭大叫，「花瓶摔破了。」農曆新年快到了，
遇上這種倒霉的事情，好像不太吉利呢！木蘭拿起掃帚，開始清掃
花瓶的碎片。

「不用擔心，」木蘭的母親說，「我們來把霉運全掃走。記得
把所有碎片都清理好啊！農曆新年的頭幾天，我們不能打掃，不然
會把福氣掃走的。」

「木蘭，不如你來跟我一起寫揮春吧！」木蘭的父親捧着紅色的紙張和毛筆等文具說。揮春是一種農曆新年的裝飾，人們會在紅色的紙張上寫上吉利的話語，再貼在牆壁或大門上。

木蘭聽到父親的話後，不禁高興起來，因為她學習書法一段時間了，她希望給父親看看自己寫得有多好。於是，她跟着父親走進了書房。

木蘭的父親把紅色紙張放在桌上展開，又用墨條在硯台上磨出黑色的墨水，然後拿起毛筆，沾上墨水，在紙上寫出一個端正的「福」字。木蘭站在父親身旁，專注地看着他寫字，她覺得父親寫最後一筆時將毛筆尖端輕輕一轉的動作十分好看。

嘩啦！

木蘭用毛筆沾上墨水，小心翼翼地在紅紙上寫上「福」字。寫到最後一畫時，她試着學父親那樣轉動筆尖，可是……她不小心把硯台打翻，墨水弄污了揮春。她急忙抓起另一張紙，嘗試把墨水吸掉，結果越弄越糟。

淚水在木蘭的眼眶裏打轉，她的揮春不能用了！

「木蘭不要哭，」父親拍拍木蘭的背，温柔地安慰她說，「有時候，困難就像一座高山，擋住了我們的去路，但是，穿越高山的出路一定存在。即使是再難的事情，都總有解決的方法，揮春沒了不要緊，我們再寫一張吧！」

於是，木蘭和父親寫了更多揮春。他們把揮春貼在家中不同的地方，以添加農曆新年的喜慶氣氛。

「爹爹，門上的『福』字倒轉了，」木蘭看到父親貼上揮春時說，「我把它倒過來吧！」

「不，木蘭，不用把它倒過來，『福』字就是要這樣貼才對。」父親解釋道。

木蘭疑惑地問：「為什麼呢？」

父親說：「倒轉的『福』字就是『福到』，寓意福氣會來到我們家啊！」

・花木蘭的農曆新年・

木蘭感到有點沮喪，她一邊走出花園，一邊低頭歎氣。「今天我好像做什麼都出錯……也許未來一年我都不會遇上什麼好事了，」木蘭輕聲說，「我只是想幫家人做好準備過新年，結果卻可能破壞了大家的福氣。」

木蘭以為花園中只有自己一人，一點都不知道花婆婆也在，並且把她的話聽得一清二楚。

「木蘭，不要傷心。」花婆婆說。她坐下來拉着木蘭的小手，說：「所有人都會出錯，而且福氣會以不同的形式出現。跟我來吧，或者我們可以找到福氣。」

她們一起去放風箏。但是，木蘭的風箏沒飛多久便掉下來了。

「不好了！我的風箏！」木蘭大叫。

花婆婆說：「看來，我們要合作才行。」

她們把風箏向上拋，然後一起控制風箏線。這次，一切都很順

利。「你看到風箏飛得有多高嗎？」花婆婆說，「這就是福氣！」

花婆婆和木蘭在市集上閒逛，她們看到許多不同形狀和款式的燈籠。

木蘭替花婆婆挑了一個圓形的燈籠，

給父親選了一個長方形的燈籠，

也為母親找了一個有穗子的燈籠。

那麼，木蘭自己呢？木蘭最喜歡的就是動物燈籠了，所以她按着自己的喜好，挑了一個龍形燈籠。

在中國神話中，龍是一種十分尊貴的動物，代表着力量和吉祥，木蘭選擇了這個燈籠，因為她希望得到更多福氣。

·花木蘭的農曆新年·

太陽快要下山了。「木蘭，我們是時候要回家準備年夜飯了。」花婆婆說。

「我可以幫忙包餃子嗎？」木蘭問。

「當然可以，」花婆婆回答，「回家後，我來教你怎樣包餃子吧！」

木蘭高舉着她的燈籠，一路蹦蹦跳跳地跟花婆婆回家。

當天晚上，花家蒸了鬆軟的饅頭，代表快樂和團圓；他們也包了餃子，寓意豐衣足食；他們還煮了麵條，代表長壽。

看着滿桌的食物，木蘭問：「我們是不是要開始吃年夜飯了？」
「現在還不行，」母親說，「我們要先去祠堂拜祭祖先。」

木蘭幫父母捧著拜祭祖先用的食物。「有了這些祭品，祖先也可以慶祝農曆新年了。」父親說。

在前往祠堂的途中，木蘭不小心跌了一個饅頭，她連忙說：「對不起，爹爹。祖先們會不會生我的氣呢？」

「不要緊。」父親安慰木蘭，「祖先們不會知道這件事的。」

·花木蘭的農曆新年·

祭祖後，花家四人回到餐桌旁坐下。「來吧，木蘭，輪到我們吃了。」花婆婆笑着說。

他們一起享用美味的年夜飯，也享受一家人相聚的時光，除夕夜就是在一片和樂的氣氛中過去了。

木蘭在睡前默默祝禱，她的新年願望是得到更多福氣。

·花木蘭的農曆新年·

　　大年初一清早，木蘭醒來後發現她的枕頭下有一份特別的禮物，那就是父母給她的壓歲錢，代表着他們對木蘭的祝福。

　　木蘭起牀後便向父母拜年。「新年快樂！祝爹爹和娘親身體健康，萬事如意！」木蘭說。

　　「新年快樂！」母親也向木蘭說，「祝你新一年學業進步，笑口常開！」

　　向家中長輩拜年後，木蘭便跑到街上看農曆新年的巡遊，花婆婆和木蘭的父母緊隨其後。木蘭急於跑向巡遊的隊伍，一不小心便踩到了自己的裙子，跌倒在地上。

　　「木蘭，你還好嗎？」木蘭的母親一邊問，一邊把她扶起來。木蘭覺得自己真是倒霉極了。

　　木蘭的父親迅速地把木蘭抱起並放到肩膀上，說：「來，給你最佳的觀賞位置！」

　　觀賞巡遊的時候，木蘭一直在微笑。

咚咚咚！

噹！
噹！
噹！

　　他們走近巡遊隊伍的時候，木蘭忍不住用手掩着耳朵。
　　「吵鬧的鑼鼓聲和鞭炮聲可以嚇走邪靈和年獸。年獸就是傳說
中住在山上的猛獸。」父親安撫木蘭說，「人們說，年獸每年會下
山一次，攻擊村民，所以我們要趕走牠。」

・花木蘭的農曆新年・

「木蘭，你看！」母親說，「舞龍表演開始了，這是農曆新年精彩的慶祝活動呢！」

製作精美的巨龍由許多人合力舉起，巨龍移動得又快又靈活，就像活的一樣。當巨龍經過木蘭一家身邊時，他們不斷歡呼拍掌。

母親對木蘭說：「舞龍表演的龍越長，福氣越旺盛。除了舞龍外，有些地方還會用舞獅來慶祝農曆新年呢！」

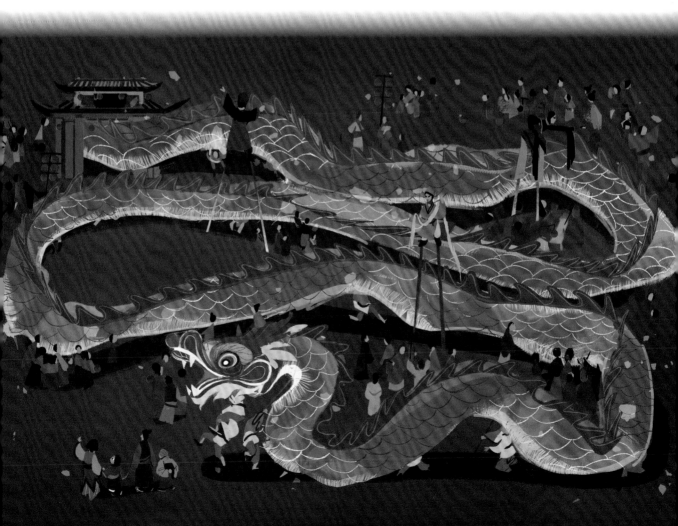

·花木蘭的農曆新年·

看完舞龍表演後，木蘭的父親燃點了鞭炮，劈里啪啦的聲音十分響亮。

「我真的很喜歡農曆新年。」木蘭說，「我喜歡放鞭炮，喜歡和你們一起看農曆新年巡遊……」

「木蘭，其實你也是很有福氣的，對吧？」花婆婆問道。

「對，我覺得，」木蘭接着說，「能夠與家人一起過農曆新年就是有福氣。」

反斗奇兵

抱抱龍和復活兔

・抱抱龍和復活兔・

「噢！胡迪！」寶妮興奮地說，「復活節快到了！復活節有朱古力、啫喱豆糖，還有尋蛋遊戲呢！啊！還有復活兔！」

寶妮看着胡迪的牛仔帽，說：「不，這樣不行。在復活節期間，你不能是牛仔，你要當復活兔！」寶妮用一根毛絨條扭成兔子耳朵的形狀，然後戴在胡迪頭上。

「寶妮，你要畫一些邀請卡，請你的好朋友來我們家，參加復活節派對和尋蛋遊戲嗎？」寶妮的媽媽從客廳呼喚她。

「好啊！」寶妮說罷，便放下胡迪離開房間。

「很漂亮的耳朵啊！」火腿開玩笑說。

「好了，別笑我了。」胡迪邊說邊把兔耳朵拿下，戴回牛仔帽。
他轉身向抱抱龍說：「喂，抱抱龍……咦，抱抱龍呢？」

「我在這裏。」一把聲音從牀底傳出。

「你在牀底下做什麼？」巴斯問道。

「你沒有聽見寶妮說的話嗎？」抱抱龍說，「復活兔快要到了！
我們要躲起來！」

「復活兔怎麼了？」火腿問。

「復活兔怎麼了？」抱抱龍大叫，「復活兔是一隻會說話
的兔子啊！」

　　「抱抱龍，不用擔心。」胡迪說，「我們跟安仔一起很多年了，每一年復活節他都會收到很多糖果，但是我們從來沒有看到有真的兔子把糖果送來。」

　　抱抱龍搖搖頭，說：「我們沒有看到復活兔，不代表復活兔不存在！你怎樣確定復活兔不存在呢？」

　　「我……我……」胡迪也答不上來，因為他不能確定復活兔不存在。

　　巴斯說：「如果這世界上真的有復活兔，我也想見識一下呢！翠絲，你說是吧？」

　　「其實，」翠絲說，「復活兔的傳說已經流傳很久了，既然這個故事能夠流傳這麼多年，也有可能是真的。」

　　「聽到了吧？」抱抱龍嚷道，「我不是跟你們說過嗎？復活兔是來抓我們的！」

　　「我不肯定復活兔會不會來抓我們，」彩姿說，「但是能夠看到真正的復活兔也不錯啊。」

　　「或者……你說得對。」抱抱龍猶豫地答。

　　「我們就應該抱着彩姿所說的那種態度！」巴斯光年說，「我肯定不會有什麼復活兔。會說話的兔子？不可能吧？」

抱抱龍不知道該相信誰。巴斯光年和胡迪通常都是對的,但是萬一這次他們錯了呢?

然而,抱抱龍知道自己不能永遠躲起來。他爬回自己在櫃子上的位置時,發現了一團東西。「那是什麼?」他驚慌地說,「這東西是不是復活兔留下的?」

「這些只不過是塑膠草,」翠絲說,「應該是寶妮媽媽買來過復活節用的。」

復活節天天逼近，最後，這個可怕的日子終於到了。抱抱龍不願獨自面對復活兔，但他遇到一個麻煩：寶妮把他遺留在廚房了 。

抱抱龍在桌子上跳下來時，看到一件很可疑的東西。他鼓起勇氣，向着那東西踏前一步。原來那是一隻朱古力兔！

是不是復活兔把它放在這裏的？

抱抱龍盡力保持冷靜，繼續尋找復活兔留下的痕跡！

　　抱抱龍走回寶妮的房間時，看到地上有一些啫喱豆糖，而且好像形成了一條路徑。

　　抱抱龍心想：「這條啫喱豆糖路會通向哪兒呢？」

　　雖然抱抱龍有點害怕，但是好奇心戰勝了恐懼，他決定沿着啫喱豆糖去看個究竟。

　　抱抱龍沿着啫喱豆糖一路追蹤到客廳。這裏一切如常，沒有人，也沒有復活兔。突然，抱抱龍的視線落在桌子下的某件物件上，他走近一看，發現那是一團軟綿綿的白色絨毛！

　　抱抱龍認為這一定是復活兔的毛！他驚恐地尖叫，並躲到沙發下面去。抱抱龍剛才還很勇敢，但現在是時候躲起來了。

這時候，抱抱龍聽到一些聲響。有人──或東西──要來了。抱抱龍彎身向沙發外偷偷看了一眼，居然看到了一隻毛茸茸的白色大腳板。

抱抱龍大吃一驚，立即藏到沙發下的更深處，把眼睛緊緊閉上，等待那不知名的東西離開。抱抱龍不知道這是不是復活兔，但是他沒有勇氣去親眼看看。

「寶妮，我不是跟你說過在客廳裏吃東西的事嗎？如果你不能把掉在地上的啫喱豆糖全部撿起來，你就不能在這裏吃糖。」

抱抱龍張開眼睛。他認得這聲音的主人！她不是復活兔，而是寶妮的媽媽，她穿上了白色的兔子裝。那團白色的絨毛一定是從她的衣服上掉下來的！

「寶妮,來吧!」寶妮的媽媽叫道,「我們的客人隨時會到,我想你和我一起到屋外迎接他們。」

「復活節派對開始了,復活節派對快要開始了!」寶妮一邊愉快地唱歌,一邊跑到客廳。

抱抱龍知道這是他偷偷溜回寶妮房間的好時機。

「我找到了！」抱抱龍衝進寶妮的房間並對其他玩具叫道，「我找到復活兔了！」

「你找到了？」胡迪問，「這世上真的有復活兔嗎？」

抱抱龍搖搖頭，說：「那是寶妮的媽媽，她為了復活節派對而扮成一隻兔子，我跟着線索就找到她了。」

「厲害！」巴斯說，「你真的很勇敢！」

抱抱龍點頭說：「你說得對，是我之前想得太多了，復活兔根本不存在！」

· 抱抱龍和復活兔 ·

　　胡迪把他的兔子耳朵從櫃子上拿下來，戴到抱抱龍的頭上，說：
「為了獎勵你勇敢查出真相，我把這一對兔耳朵送給你！」

　　抱抱龍把耳朵扶正，再看看鏡中的自己，說：「偶爾扮一下復
活兔也不錯啊！」

　　就在這時，寶妮和她的朋友們跑進睡房中。「來吧！」寶妮抱
起她的玩具，大叫道：「復活節尋蛋遊戲開始了！」

　　寶妮把玩具放到花園的草地上，說：「你們在這裏等一下，我會在尋蛋遊戲結束之後回來找你們！」

　　寶妮和朋友們在後院尋找復活蛋時，玩具們決定玩捉迷藏解悶。

　　「準備好了嗎？我要來捉你們了！」翠絲叫道。

　　翠絲把藏起來的玩具逐一找出來，很快就只剩下箭豬先生還未找到。

　　當玩具們開始擔心箭豬先
生時，他從樹叢下走出來，說
道：「噢！原來你們在這裏。」
箭豬先生又說：「跟我來吧！
我帶你們去看點東西，保證不
會令你們失望。」好奇的玩具
們跟着箭豬先生走到樹叢中去。

　　「各位請保持安靜，」箭
豬先生提醒大家，「不要把牠
嚇走。」

　　「把什麼嚇走？」抱抱龍
一邊撥開一旁的樹葉，一邊問
道。

抱抱龍一看到眼前的景象，立即就被嚇昏了。

「你們看到了嗎？」箭豬先生指着籃子裏的兔子說，「世界上真的有復活兔！」

Winnie the Pooh

小熊維尼

復活節尋蛋遊戲

春日的百畝林風光明媚，維尼準備前往瑞比家參加復活節尋蛋遊戲。不過他的肚子已經餓得咕咕叫了。

維尼很擔心，假如瑞比家沒有蜜糖怎麼辦？他決定自己帶一瓶蜜糖到瑞比家，因為他不想兩手空空去作客。但是，當維尼到達瑞比家時，他的確是兩手空空的。原來，他在途中停下來，把所有蜜糖都吃光了。

很快，維尼就看到他的朋友們了，他們和維尼一樣，手上都拿着一個空籃子。維尼覺得很奇怪，明明自己準時出門，怎麼大家都好像等了很久呢？

　　「復活節快樂！」維尼說。

　　「維尼，復活節快樂！」朋友們興奮地回應。

　　瑞比跳上了一個樹墩，
說：「各位，我在樹林裏藏了很多
復活蛋，誰找到最多復活蛋就能贏得一頓
豐富大餐。準備……開始！」

　　「今天將會是一個完美的日子！」跳跳虎興奮地說，「跳跳虎
最喜歡比賽了。」

　　維尼、豬仔、小豆、袋鼠媽媽和咿唷一起走進樹林，而跳跳虎
則跳到另一邊，大聲說：「各位，祝你們好運！」

　　維尼知道瑞比把復活蛋藏得很好，他希望自己尋找復活蛋的能
力會更好。

　　「嗯……」維尼說，「如果我是瑞比，我會把復活蛋藏在……」維尼越說越小聲，因為他被一些黃色的花朵吸引住。

　　「是水仙花！」維尼叫道。然後，他有個意外發現。

　　「是黃色的復活蛋！」維尼說着，把復活蛋放進籃子，但他沒注意到籃底穿了洞，黃色復活蛋就這樣掉進草叢了。

豬仔就在維尼附近,他很快就找到了那顆黃色復活蛋。「噢!我的運氣真好!」豬仔小心翼翼地把黃色復活蛋放到他的籃子裏。

與此同時,維尼在一塊大石的背面又有了發現。「是紫色的復活蛋!」維尼一邊說,一邊把紫色復活蛋放進籃子裏,開始想像自己在遊戲中勝出後享受美味蜜糖的情境。

他沒注意到籃底的破洞,紫色復活蛋也從籃底掉了出去。

不久，小豆也來到
同一塊大石附近。到現
在為止，小豆還未找
到任何復活蛋。他停
下來在草地上張望，
發現了維尼的紫色
復活蛋！「太好
了！我最喜歡紫色
了！」小豆說。

與此同時，維尼在草叢
中找到一顆綠色復活蛋。「這
是我最幸運的一個復活節！」
維尼高興地說。但是，這顆
綠色復活蛋也從籃底的破洞
滾了出來。

一會兒後，跳跳虎跳着跳着，就找到了綠色復活蛋，他並不知道這顆蛋是從維尼的籃子裏滾出來的。跳跳虎拾起復活蛋，興奮地說：「哈哈！我快要贏了！」

維尼在一片粉紅色野花裏仔細地搜尋着。突然，他在地上找到一顆紅色復活蛋。維尼把它拾起來，然後搓着肚子說：「茶點時間快到了。」

沒過多久，咿唷來到了同一片花海中，他沒有想過自己會找到復活蛋。可是，當他看到了維尼遺下的紅色復活蛋後，便開始覺得在遊戲中取勝也不錯。

維尼走到一片草地上，他知道差不多要回瑞比的家了。他把最後找到的一顆復活蛋放進籃子，然後向瑞比在山上的家走去。維尼當然不知道，這顆藍色復活蛋也從籃底滾出來了。

　　袋鼠媽媽也在回去瑞比家的路上。她沒有找到任何復活蛋，但是她並不介意，因為她認為尋找復活蛋的過程已經很快樂了。就在這時，袋鼠媽媽看到木材旁邊有一顆藍色復活蛋，於是她把復活蛋拾起來。

　　過了一會兒，大家都回到了瑞比的家門外。瑞比再次站上樹墩，他宣布：「時間到了，遊戲結束。」

　　豬仔把黃色復活蛋拿出來給大家看，小豆也拿出了一顆紫色復活蛋。

　　跳跳虎拿着一顆綠色復活蛋說：「我跳、我跳、我跳跳跳，才追上這顆復活蛋呢！」

　　咿唷和袋鼠媽媽也分別把他們找到的紅色和藍色復活蛋拿出來。

最後，輪到維尼了。他看看籃子，發現裏面竟然是空的！維尼不知道他的復活蛋去了哪兒，他說：「噢，慘了！那些復活蛋可能決定再躲起來。它們是希望我再找一次嗎？」

豬仔看了看維尼手中的籃子，然後把頭伸進籃底的洞，說：「看！你的籃子穿了個洞呢！」

「維尼，這顆黃色復
活蛋給你吧！或許你比我
更早找到它。」豬仔把黃
色復活蛋遞給維尼。

小豆也跳上前來，跟維尼說：「我也把我的
紫色復活蛋給你吧！」

維尼攬着小豆，開心地說：「謝謝你。」

　　「維尼，跳跳虎喜歡公平競爭。」跳跳虎也把自己的綠色復活蛋放進維尼的懷中。

　　雖然跳跳虎很想在遊戲中勝出，但是他想到，要是維尼的籃子沒有破洞，他可能根本不會得到這顆綠色復活蛋。而且，跟一場遊戲的勝負相比，好朋友的感受重要得多。

　　咿唷本來就認為，自己找到這麼漂亮的復活蛋，是一件美好得難以置信的事情。於是，他把復活蛋送給了維尼。

　　袋鼠媽媽也把自己的藍色復活蛋拿出來給維尼。

　　維尼收下了這些復活蛋，心中十分感激他的朋友們。他知道這是朋友之間的無私分享。

瑞比走向維尼時，看見維尼懷中的紅色復活蛋搖搖欲墜。在那顆蛋跌下去之前，瑞比把它抓住並放在地上，然後開始點算復活蛋：「一、二、三、四、五。維尼勝出比賽！」

維尼想到怎樣向朋友們道謝了。如果他得到一頓復活節大餐作為獎品，他很想跟朋友們 起分享美食！

維尼問瑞比：「你的大餐足夠讓大家一起分享嗎？」

瑞比笑着說：「當然夠！我們來一起慶祝復活節吧！」

維尼好奇地問：「有足夠的蜜糖嗎？」

瑞比微笑着回答：「我一直儲存了大量蜜糖，因為我的小熊朋友可能隨時會來呢！」

　　維尼和朋友們享用了一頓豐盛的大餐。跳跳虎興奮地說：「這真是我經歷過最開心的復活節，尤其是復活節尋蛋遊戲，真是太好玩了！」

　　維尼非常同意，只是他正在忙着吃蜜糖，除了點頭以外，不能給其他反應了。這個復活節，真是太精彩了！

花木蘭
龍舟大挑戰

端午節快到了。每年的農曆五月五日，中國人都會慶祝端午節。端午節意味着夏天即將來臨，也是紀念愛國詩人屈原的日子。人們會在當天懸掛菖蒲和艾草之類的香草、佩戴香囊、喝雄黃酒、吃糉子和划龍舟。

　　在眾多端午節習俗之中，木蘭最喜歡的就是龍舟比賽了。每一年，木蘭都看着其他村子的龍舟隊划着色彩繽紛、威風凜凜的龍舟，在如雷的鼓聲中奮勇向前，心裏十分羨慕。今年，她不甘於只當觀眾了。

「我們的村子今年也參加龍舟比賽吧!」木蘭對家人說。

木蘭的父親認同參加比賽能為村子帶來榮耀,而木蘭的母親卻有點擔憂。花婆婆說:「凡事都有第一次。」

　　木蘭把她的想法告訴其他村民。雖然他們有點猶豫，但也很想
嘗試新事物。木蘭又告訴他們，要參加龍舟比賽就要先學習怎樣划
龍舟。其他村子的龍舟隊也是經過不斷的練習才能參賽。她鼓勵大
家說：「凡事都有第一次。」

龍舟隊需要自行製作一艘龍舟。木蘭想起以往見過的龍舟，她
覺得那些龍舟全都十分好看。怎樣才能令自己的龍舟顯得更加奪目
美麗呢？木蘭來到祠堂外面，問木須應該把龍舟塗成什麼顏色。

「當然要塗成跟我一樣的顏色！」木須回答。

　　木蘭和她的隊友開始合力製作龍舟，這項工程一點也不簡單！從龍頭到龍尾，任何一部分都不能馬虎！他們把整艘龍舟塗上跟木須一樣的顏色：鱗片是鮮紅色的，肚子是橙色的。

　　木須很欣賞他們的手藝，說：「雖然這艘龍舟不及我英俊，不過看上去還是很像我的。」

　　經過村民多天的努力，龍舟終於完工了。

第二天，練習開始了。木須自願擔任鼓手。

他說：「這些年來我常常敲鑼，擊鼓對我來說簡直易如反掌。」

· 龍舟大挑戰 ·

木須開始擊鼓了,
但鼓聲時快時慢,節奏
非常不穩定。

村民嘗試跟着木須的鼓聲划槳,結果他們的
船槳互相碰撞,令龍舟搖晃不定!

其中一名村民更失去
平衡,掉到水中!

　　眾人把掉下水的隊員撈上來後，木蘭向木須示範如何擊出穩定的拍子。木蘭一邊拍手，一邊數：「一、二、三！」

　　木須再次擊鼓。村民隨着鼓聲把船槳舉到空中，再划進水中。不消一會兒，他們便划得十分整齊，可以試着離開岸邊練習了。

　　木蘭登上龍舟，解開了連繫着龍舟和岸邊的纜繩。作為舵手的她負責用長槳掌舵，控制龍舟前進的方向。

　　村民開始駛往水深的地方。龍舟起初有點左搖右擺，無法沿着直線前行，但是當村民聽到木須穩定地擊出「咚！咚！咚！」的鼓聲時，他們跟隨着節奏划槳，終於可以在水中順暢地前進。

　　龍舟比賽的日子到了，木蘭的隊伍和其他龍舟隊並排在一起，大家都十分興奮，期待着比賽早一點開始。岸上來自各村的觀眾都給龍舟隊打氣，大家都希望代表自己村子的隊伍能夠勝出。

　　比賽開始前，每一艘龍舟都要先進行「點睛」儀式，即是在龍眼睛上點上紅色的朱砂，表示喚醒龍的意思。

比賽開始了，所有龍舟立即駛離岸邊，向着終點進發，每艘龍舟上的鼓手都按着各自的節奏擊鼓。

　　當其他龍舟經過木蘭的隊伍旁邊時，木須的鼓聲被其他隊伍的
鼓聲掩蓋了，木蘭和她的隊友根本聽不見木須的鼓聲。因此，他們
的划槳節奏亂了，越來越多的隊伍超越了他們。

· 龍舟大挑戰 ·

其他龍舟掀起的波浪，令木蘭的龍舟左搖右擺。木蘭用力抓住長槳，嘗試令龍舟保持穩定，可是不太成功。

更糟糕的是，木須把鼓掉到水中了。他伸手想把鼓撈回來……誰知他一不小心，連自己也掉入水中！

嘩啦！

木蘭與隊友合作，用船槳將木須從水中撈起來。木須安全地回到船上，但是他的鼓已經漂到很遠了。大家忙着拯救木須，沒有人發現水流正把龍舟帶進蘆葦叢。當大家回過神來的時候，龍舟已經擱淺了。

· 龍舟大挑戰 ·

　　村民沮喪地坐在龍舟上，不知道應該怎麼辦。其他隊伍已經把他們拋離得很遠了，他們卻連能否完成比賽也不知道。木須也沒精打采地坐着。沒有鼓，他還能做什麼呢？

　　然而，木蘭並沒有失去鬥志，「我們不能半途而廢！」木蘭為她的隊友打氣道。

　　木蘭知道，如果現在退出比賽，是不能為村子帶來榮耀的。縱使明知勝出比賽幾乎是不可能的事，但是堅持到底，完成比賽，也是一種榮耀！雖然失去了鼓，但他們還有船槳、龍舟，以及身邊的隊友！

　　「雖然我們從未試過在沒有鼓聲的情況下划槳，」木蘭說，「但是，凡事都有第一次！我們經歷過第一次製作龍舟、第一次划槳、第一次參加龍舟比賽，接受新挑戰沒什麼好害怕的！」

　　木蘭又說：「何況，我們一起練習了這麼久，對於互相合作這回事，已經非常熟練了！大家千萬不要灰心，只要我們同心合力，就一定可以跨過眼前的難關！」

木蘭提醒村民，這艘龍舟是他們一起建造、一起上色的，包含了他們的一番心血。

他們也曾經一起練習划龍舟，建立了良好的默契。

木蘭說：「我肯定，我們將會一起划過終點線！」

　　木須憶起練習划龍舟的過程，他想到木蘭怎樣教他擊出穩定的節奏。他跳起來說：「各位放心！不用鼓我也能為你們打出節奏，大家準備！」他用拍手代替了擊鼓。

　　村民受到木蘭和木須的鼓勵，他們的臉上露出了微笑，然後一致地舉起船槳，準備開始划槳。

　　木蘭和她的隊友奮力地划槳，合力把龍舟駛離蘆葦叢，重新回到河上。雖然他們十分疲倦，但是絕不放棄。一路上沒有其他龍舟的鼓聲，大家都可以清晰地聽到木須的拍掌聲。眾人跟隨他的節奏划呀划，一直划到終點。

• 龍舟大挑戰 •

　　岸上的觀眾對木蘭的隊伍發出歡呼聲。雖然他們是最後一隊到達終點，但也是唯一一隊不用靠鼓聲引領而到達終點的隊伍。木蘭知道，她的龍舟隊已經為村子帶來榮耀了。

　　當天晚上，木蘭和她的隊友，以及村子裏的所有村民，都找到另一件他們可以一起做的事情，那就是好好慶祝！

MONSTERS, INC.

怪獸公司
萬聖節驚魂

驚嚇專員毛毛和他的好朋友大眼仔如常為怪獸公司工作。毛毛踏進一個人類小孩的睡房後到處張望，卻發現房間裏空無一人。

「大眼仔，」毛毛從門內探頭出來說，「這間房間是空的。」

「你說什麼？」大眼仔從毛毛身邊擠進房間，「這孩子總是在這個時間睡覺的呀！」

毛毛聳了聳肩，說：「先回怪獸城吧！今晚我還有許多小孩要嚇呢。」不過，毛毛轉身的時候，尾巴不小心碰到通往怪獸城的衣櫃門，令它關上了。

　　與此同時，在怪獸公司那邊的驚嚇樓層，驚嚇專員佐治和助手查理正準備到大眼仔和毛毛身處的那個人類社區工作。他們看見驚嚇站上有一道門，四周卻沒有任何怪獸。

　　「呵！」查理望着那道門說，「看來大眼仔和毛毛不小心留下了這道門呢！」

　　「把它收起來吧！」佐治說，「任由通往人類世界的門留在這裏太危險了。」

身處人類世界的毛毛和大眼仔完全不知道佐治和查理將他們正在使用的門從驚嚇站收走了。

　　毛毛重新打開衣櫃門，但是他只看見一個平凡的衣櫃。「返回驚嚇樓層的門失效了。」毛毛跟大眼仔說，「我們要到其他房子找出可用的門……越快越好！」

　　大眼仔和毛毛悄悄爬出屋外。

　　「記住！」毛毛說，「不要觸摸任何東西！」大眼仔點點頭。所有怪獸都知道人類是帶有劇毒的。

　　大眼仔望望四周，看不見人類。相反，整條街道上都是怪獸！

　　「發生了什麼事？」他困惑地問，「我們回到怪獸城了嗎？」

　　突然，大眼仔和毛毛聽見背後傳來一把聲音，他們轉過身來，只見一隻小怪獸正看着他們。

　　「我好喜歡你們的服裝！」小怪獸說罷便跑開了。

　　大眼仔和毛毛十分困惑。服裝？這是怎麼一回事？

　　大眼仔和毛毛再次望向街道。到處遊走的不只有怪獸，他們還看到一隻鬼魂、一隻黑貓、一個擁有雙腿的南瓜，以及各種各樣的生物。

　　突然，一隻怪獸脫下了自己的面具，嚇了大眼仔和毛毛一跳。那根本不是怪獸，而是一個戴着面具的小孩！這裏不是怪獸城，他們被偽裝成怪獸的人類小孩包圍了！

　　毛毛盡力保持冷靜。他說：「我們要馬上找出返回怪獸公司的門！」

　　「佐治今晚也在這一區工作。」大眼仔說，「如果我們找到他正在使用的門，我們便能回家！」

大眼仔和毛毛嘗試在附近的房子
裏找出逃生路線，可是過程並不輕鬆！
他們必須左閃右避，以免碰到人類小
孩，而且幾乎所有房子的大門外都有
人類。

大眼仔和毛毛成功潛入了幾間房子，不過裏面的門都沒有連接到怪獸公司。後來，他們終於在一間房子的睡房中，看到佐治正要離開。「佐治！等等我們！」大眼仔和毛毛一邊大叫，一邊跑向敞開的衣櫃。可是他們跑得不夠快，佐治沒聽見他們的呼喊。

咔嚓！佐治身後的衣櫃門關上了。大眼仔和毛毛馬上再打開那道門，不過門後面的並不是驚嚇樓層──而是一大堆小孩衣服。

　　大眼仔和毛毛開始擔憂起來。他們必須在任何一個人類小孩觸摸到他們之前趕回怪獸城！

　　「時間已經不早了。」大眼仔說，「希望還有連接驚嚇樓層的門在運作。」

　　不久，大眼仔和毛毛發現了一間門外沒有任何人類的房子。房子的大門敞開了，也許這就是他們回家的機會。

大眼仔和毛毛踮着腳走進房子裏。不過當他們悄悄走向其中一道門時，就聽見了人類聊天與大笑的聲音。

「不好了！」毛毛說，他察覺到事態嚴重了。

「我們闖進了派對場地！」大眼仔驚恐地叫嚷。

「喂！」有人在大眼仔和毛毛背後說。他們馬上轉身，原來是一個小男孩。小男孩興奮地說：「多厲害的萬聖節服裝啊！」

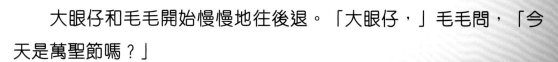

大眼仔和毛毛開始慢慢地往後退。「大眼仔，」毛毛問，「今天是萬聖節嗎？」

「哎呀！」大眼仔說，「我⋯⋯忘了看公司發出的通告。」

小男孩向朋友叫道：「快來看這套超級厲害的怪獸服裝！」

一大羣人類小孩紛紛走過來，大眼仔和毛毛不斷往後退。

「你們的服裝就像真的怪獸一樣！」一個小女孩興奮地說，「我可以摸一摸這些長毛嗎？」她把手伸向毛毛。

「不可以！」毛毛大聲吼叫。毛毛忘記了自己有多高大和嚇人。那羣小孩被他嚇得高聲尖叫，然後全都跑掉了。不過最受驚嚇的，是大眼仔和毛毛。

「我們快離開吧！」大眼仔大叫。他和毛毛轉身拔足狂奔。

　　大眼仔拉着毛毛跑進最近的睡房，「砰」的一聲把身後的門關上。

　　「求求老天爺，千萬要讓這道衣櫃門連接到驚嚇樓層啊！」大眼仔說。

　　「佐治正在使用這道門的機會到底有多大？」毛毛問道。

　　「微乎其微，」大眼仔說，「不過我們必須試一試。」

大眼仔和毛毛默默地祈求好運，然後打開了那道衣櫃門……太好了，這道門正好在驚嚇站上！大眼仔和毛毛回到怪獸公司的驚嚇樓層，放下心頭大石，用力地呼出一口氣。他們終於平安回家了！

就在這時候，大眼仔和毛毛看見了佐治和查理。「你們怎麼會從這道門裏走出來？」佐治問道，「我正準備去嚇門後的小孩啊！」

「你救了我們一命。」毛毛說，「我們的門失靈了。」

「哎呀！」查理說，「我還以為你們不小心留下了那道門，所以把它收起來了。對不起！」

「不要緊。」大眼仔說，「反正我們回來了。不過，千萬不要走進那道門。」

「為什麼？」佐治問道。

「今天是萬聖節，到處都有人類小孩！」毛毛解釋說。

大眼仔仍在發抖，他說：「萬聖節真可怕！」

無敵破壞王

逃出萬聖節城堡

「雲妮露，萬聖節快樂！」

雲妮露抬頭一看，臉上展露燦爛的笑容。「破壞王！」她跳進好朋友寬大的臂彎中，跟他擁抱一下。

「喂！」破壞王說，「你有想念我嗎？」

「才沒有呢！」雲妮露回答說。她擰了擰破壞王的鼻子，然後跳回地上。「我為什麼要想念像你這種又大又笨的討厭鬼？」

　　「我不知道呀！」破壞王回答道，「大概和我想念像你這種刁蠻小鬼有相同的理由吧。」破壞王一邊說，一邊揉亂雲妮露的頭髮。

雲妮露真的很想念破壞王。這位好朋友大部分時間都在《閃電手阿修》裏——那是他居住的電子遊戲世界。雲妮露很高興破壞王來到《甜蜜大冒險》，參加香橙威化葛洛舉辦的萬聖節派對。

「來吧。」雲妮露說。她緊握破壞王的手，拖着他走向自己的糖果高卡車。「我們去兜兜風吧！」

「那派對怎麼辦？」破壞王問道。

「我們只不過是技術性遲到。」雲妮露一邊回答，一邊跳進駕駛座，而破壞王也爬進了高卡車的後座。

「準備好了嗎？」雲妮露問道。她發動引擎。破壞王笑着回答：「準備好了！」

呼嗖嗖嗖！他們飛也似的出發，在各式各樣的賽道上飛馳。

　　「嗚呀！」雲妮露一邊興奮地高呼，一邊瘋狂地繞彎，甚至有
那麼一瞬間，高卡車只靠其中一邊的兩個車輪滑行。

　　「嘩！」破壞王嚷道。他緊握着車上的擋泥板，以免摔出車外。
雲妮露狡黠一笑，然後破壞王再次大叫大嚷，然而這次他發出了十
分驚訝的呼叫聲。

　　「有南瓜！」破壞王驚呼道。

「南瓜？」雲妮露說，「你在說什麼？」
接着，她望向四周，再問：「我們在哪裏？」

剛剛還在眼前的高卡車賽道已經消失
無蹤，破壞王和雲妮露來到了一個令人
毛骨悚然的地方。

「我也不知道怎麼了。」破
壞王說，「當我的頭撞上那個飄
浮的南瓜後，怪事便發生了。」

　　「是會跳的啫喱豆！」雲妮露高聲叫道。她感到難以置信！「這肯定是頑皮鬼寶寶所在的萬聖節特別關卡！我一直以為這個關卡只是個傳說！」

　　「什麼寶寶？」破壞王問道。雲妮露還未來得及想出一個笑話來取笑破壞王⋯⋯

　　「嗚嗚嗚嗚嗚嗚！」

　　一陣恐怖的聲音傳來，雲妮露和破壞王嚇得跳開數丈遠，一隻棉花糖幽靈不知從何處冒出來了！

「頑皮鬼寶寶！」雲妮露興奮地叫道。她指着幽靈說：「這是《甜蜜大冒險》裏最尖酸刻薄、頑皮搗蛋的幽靈。傳說他在許多年前的一個萬聖節，被放逐到這個特別關卡裏。」

「很高興……你們聽……說過我的故事。」頑皮鬼寶寶嘲諷地說，「可惜這不能幫助你們回……家……」

「喂，等一下！」破壞王跳下高卡車說，「我們一定要回去。」

「你們必須……先把我捉住……」那隻幽靈鬼聲鬼氣地回答。他飄浮着直接穿過全麥餅乾城堡的城門，消失得無影無蹤。

破壞王隨即打開了城門。雲妮露說：「上車吧！」

雲妮露和破壞王駕着車衝進城堡裏。他們駛過一邊起舞，一邊清掃棉花糖蜘蛛網的的甘草掃帚，還有在窗台上向着他們怪笑的小南瓜燈籠。頑皮鬼寶寶在他們前方越飛越遠。

　　「你們一定抓……不……到……我……」頑皮鬼寶寶高聲說。

「我們走着瞧吧！」雲妮露低聲說。

她大力踏下油門，車子有如閃電般在城堡裏飛馳。他們衝上杏仁糖坡道，抵達城堡的閣樓，又沿着搖晃不定的蟲蟲軟糖梯子到地下室去。他們闖進了一個粟米糖迷宮，繞了好幾圈之後又回到城堡中。

「我敢打賭，你們一定抓⋯⋯不⋯⋯到⋯⋯我⋯⋯」頑皮鬼寶寶每次轉彎時都會這樣說。

「啊！他有膽的話就再說一次⋯⋯」破壞王懊惱地低吼。

「別搶我的口⋯⋯頭⋯⋯禪⋯⋯」頑皮鬼寶寶回頭喊道。

最後，頑皮鬼寶寶直接穿過沒有窗也沒有門的城牆。

「坐穩了，破壞王！」雲妮露大聲叫道。她用力踩下油門，直接駛上朱古力石牆，試圖翻牆而過。

不過，高卡車在攀上石牆的途中，開始往下墜落，因為它本來就不可以承載破壞王這麼重的乘客！

「呀呀呀！」雲妮露和破壞王驚叫着摔到地上。

「嘿……嘿……嘿！」頑皮鬼寶寶從城牆的另一邊放聲大笑。「看來你們真的回……不……了……家……呢！」

　　「啊啊！」破壞王一邊叫嚷，一邊揉他的背脊，「我們永遠無法離開這裏了。現在我的褲子裏還塞滿了牛奶糖乾草呢！」

　　「我有一個辦法。」雲妮露說。她在破壞王的耳邊悄悄說出計劃，好讓頑皮鬼寶寶無法聽見。

　　破壞王會心一笑。他高舉雙拳，開始擊打那面朱古力城牆。牆上的石頭碎裂了，苦中帶甜的朱古力碎片到處飛散。不用多久，頑皮鬼寶寶便笑不出來了！

當破壞王大肆破壞，要分散頑皮鬼寶寶的注意力時，雲妮露一直靜候適當的時機。她閉上眼睛，集中精神。嗖！雲妮露跳格到城牆的另一面，頑皮鬼寶寶正準備從那兒悄悄溜走呢！

「哈！」雲妮露說。她拍了拍頑皮鬼寶寶的肩膊，說：「我抓到你了！你說過抓到你就可以回家，不要反悔啊！」

「你勝出了！」

煙花漫天綻放，過關的聲效響個不停。雲妮露和破壞王成功通過萬聖節特別關卡了！

一條由枴杖糖組成的通道突然出現。「你準備好回去《甜蜜大冒險》了嗎？」雲妮露問道。破壞王點點頭。當他們正要踏上那條通道時⋯⋯

「等等！」頑皮鬼寶寶喊道。他飄浮到雲妮露和破壞王面前。「求求你們不要走。」他說，「你們可以在這裏多留一會兒嗎？」

　　忽然，頑皮鬼寶寶看起來不再頑皮了，而是……非常寂寞。
「沒有人會來這裏陪我玩。你們多麼幸運呀，能夠擁有最好的朋
友！」他的雙眼充滿了棉花糖眼淚。

　　「喂，」破壞王說，「我們都很清楚孤獨是什麼滋味。」

　　雲妮露點點頭說：「我們可以再逗留一會兒。」

　　「太好了！」頑皮鬼寶寶興奮地大叫。他拍拍他的棉花糖小
手，說：「我們來玩遊戲吧！」

　　「好！」雲妮露說着扳了扳手指的關節，「放馬過來吧！」

一會兒後，破壞王說：「我們應該回去了。現在出發去葛洛的派對，已經不算技術性遲到。」

「鬼寶寶，你可以和我們一起參加派對的。」雲妮露提議說。

頑皮鬼寶寶說：「謝謝你們的好意，但我不能離開這座城堡。」

「我有辦法！」雲妮露說，「你等一等，我們馬上回來。」

數小時後，葛洛的萬聖節派對在頑皮鬼寶寶的城堡裏舉行。

「我想向我的新朋友──破壞王和雲妮露說一聲謝謝！」頑皮鬼寶寶高聲說，「這是我經歷過最開心的萬聖節！」

米奇老友記
不一樣的聖誕老人

· 不一樣的聖誕老人 ·

今夜是聖誕節前夕的平安夜，四周一片寧靜。米奇和布魯托正在酣睡之中……「乞嚏！乞嚏！乞嚏！」

屋外連串的噴嚏大合奏驚醒了米奇和布魯托。他們跑到窗邊，看看外面為什麼如此嘈吵。

·不一樣的聖誕老人·

　　米奇一看，發現一個難以置信的情境：聖誕老人正站在他家的後院！聖誕老人的雪橇上繫着九隻馴鹿，牠們的鼻子全都又亮又紅。「真是奇怪，」米奇心裏想，「魯道夫不是唯一擁有紅鼻子的聖誕馴鹿嗎？」

·不一樣的聖誕老人·

　　米奇穿着睡衣跑到屋外。「聖誕快樂啊，聖誕老人！」他說，「是不是出了什麼問題？」

　　「問題就在於打噴嚏呀！」聖誕老人說，「德仔從我們離開北極時開始鼻塞，現在除了魯道夫以外，所有馴鹿都染上了重感冒！我們需要回家休息，可是我們還有四戶人家要去呢！」

　　這時，馴鹿們再次打起噴嚏來，看起來十分可憐。不過聖誕老人又可以怎麼辦？他不可以任由最後四戶人家得不到聖誕禮物呀！

「也許布魯托和我可以幫忙，」米奇說，「我們很樂意幫你派禮物。」

「噢，謝謝你，米奇！」聖誕老人說。他從雪橇上拿出一個巨大的紅色布袋。「我的禮物袋裝滿了聖誕魔法，能幫助你派禮物的。」

聖誕老人給了米奇一張禮物清單，然後爬回雪橇，駕着馴鹿慢慢向着天空飛去。一路上，馴鹿們還在不停地咳嗽和打噴嚏。

米奇從車庫裏拖出自己的雪橇，將那巨大的禮物袋放到雪橇上。他以為禮物袋會非常沉重，不過當他拿起禮物袋時，卻發現它輕得就像一根羽毛！

「這肯定就是聖誕老人所說的聖誕魔法了。」米奇說，「來吧，布魯托，我們來幫聖誕老人派禮物吧！」

　　布魯托用嘴巴叼住雪橇的繩子，然後向前邁步，拉着雪橇前行，這時候⋯⋯

　　布魯托、米奇和雪橇突然升到空中，他們飛起來了！「嘩！聖誕魔法真是十分奇妙！」米奇說。他緊緊抓住雪橇，讓雪橇自行飛向他們的第一站。

·不一樣的聖誕老人·

　　一會兒後，雪橇便降落在黛絲家的屋頂上。米奇和布魯托馬上跳下雪橇。

　　「你覺得我應該如何進屋才好？」米奇一邊問，一邊將禮物袋扛在肩膊上。「聖誕老人會從煙囪爬進去。我應該試試看嗎？」

　　布魯托點點頭，於是米奇走到煙囪前。他靠在煙囪旁往下看，一不留神便滑進了黛絲家的客廳！

　　米奇帶着一團煙囪的灰塵跌在地板上。「看來我要好好練習聖誕魔法！」米奇揉着疼痛的屁股說。

米奇查看聖誕老人的禮物清單，然後拿出黛絲的禮物。米奇剛剛將禮物放好在聖誕樹下，便看見黛絲留給聖誕老人的茶點。

「黛絲不會介意我吃掉這些茶點的，因為我是臨時聖誕老人呢！」米奇說着便開心地吃起曲奇餅來。

米奇迅速地填滿了黛絲的聖誕襪，然後向上看看煙囪。突然，米奇在一瞬間回到屋頂了！看見布魯托後，米奇才想起自己忘記了帶一塊曲奇餅給這位好朋友。

「對不起，布魯托！下次我一定會帶茶點給你。」米奇說。

·不一樣的聖誕老人·

　　下一站是高飛的家。米奇彎下身子爬進煙囪時,布魯托咬住了
禮物袋的後方,牠不想錯過這間房子裏的茶點呢!聖誕魔法將他們
迅速送到煙囪下面,進入高飛家的客廳。

　　「布魯托!」米奇說,「我答應過會拿茶點給你的——噢!不
好了,小心!」

　　布魯托發現了高飛留給聖誕老人的茶點,便急忙向茶點跑去。
可是,牠不小心撞倒了高飛的聖誕樹!

　　米奇和布魯托竭盡所能修復高飛的聖誕樹，不過聖誕樹的樹頂還是稍微有點傾斜。

　　米奇查看禮物清單，從聖誕老人的禮物袋裏拿出好朋友的禮物。「也許他會為了這些禮物而非常興奮，不會留意到聖誕樹有問題呢。」米奇說。

　　米奇小心翼翼地填滿了高飛的聖誕襪，然後和布魯托一同返回屋頂上，登上他們的雪橇。

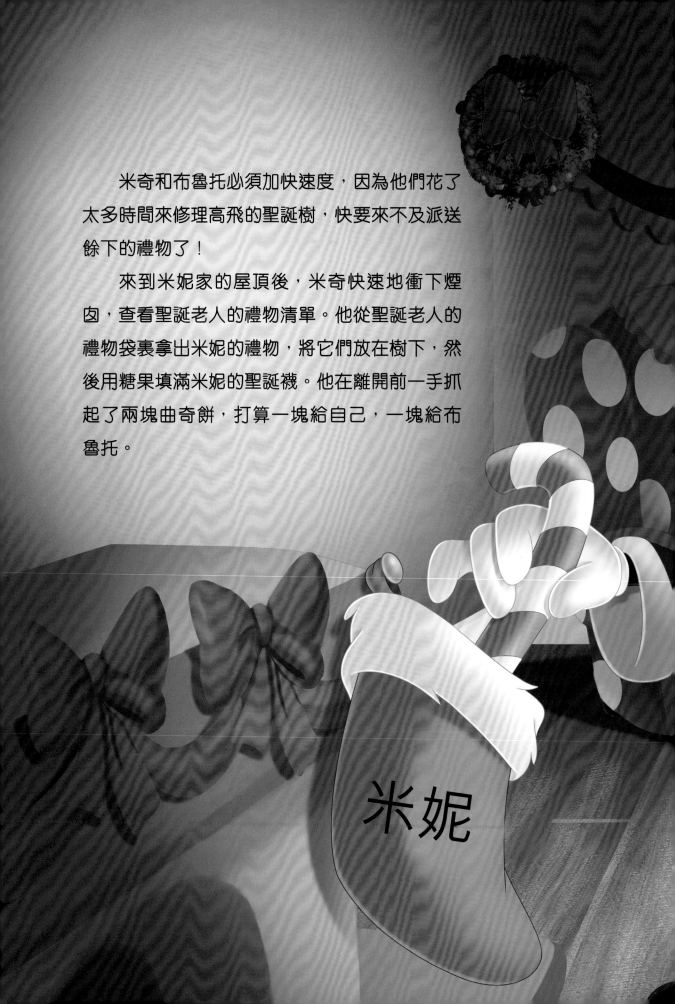

米奇和布魯托必須加快速度，因為他們花了太多時間來修理高飛的聖誕樹，快要來不及派送餘下的禮物了！

來到米妮家的屋頂後，米奇快速地衝下煙囪，查看聖誕老人的禮物清單。他從聖誕老人的禮物袋裏拿出米妮的禮物，將它們放在樹下，然後用糖果填滿米妮的聖誕襪。他在離開前一手抓起了兩塊曲奇餅，打算一塊給自己，一塊給布魯托。

米妮

· 不一樣的聖誕老人 ·

　　米奇一降落在唐老鴨的屋頂上，就立即開始工作：他躍下煙囪，拿出禮物清單，然後馬上走向屋中的聖誕樹。他從禮物袋中拿出唐老鴨的禮物：一份、兩份、三份⋯⋯

　　「噢！」米奇說，「這裏應該有四份禮物呀，不過禮物袋裏只剩下三份禮物！難道我弄丟了一份禮物？」

　　米奇到處搜索：壁爐旁邊、桌子下方、椅子後面⋯⋯當他蹲下來看看禮物是不是掉在沙發下時，唐老鴨醒過來了！

米奇抓起聖誕老人的禮物袋，馬上跑向煙囪。

「還有那隻聖誕襪！」米奇驚呼。他快速地填滿了好朋友的聖誕襪。米奇剛離開，唐老鴨的雙腳就在樓梯頂端出現了！

幸好，聖誕老人的聖誕魔法隨時候命。它迅速地將米奇送上煙囪，成功避開了唐老鴨。

「呼！」回家時，米奇對布魯托說，「實在太驚險了！」

・不一樣的聖誕老人・

　　第二天早上，米奇的朋友們全部聚集在米奇家中，一同享用聖誕節早餐。他們每個人都有一個獨特的故事，全都與聖誕老人昨天晚上來訪有關！

　　「聖誕老人昨晚肯定是心情不好了。」黛絲對高飛說，「他在我家的地板留下了許多煤灰，他以前從未試過這樣的。」

·不一樣的聖誕老人·

「我也有同感。」高飛說，「聖誕老人應該撞到我家的聖誕樹了，它今天早上看來有點歪斜。」

「聖誕老人發出了許多聲音，把我吵醒了！」唐老鴨高聲說，「他一向非常安靜的。」

「我差點忘記了！」米妮對唐老鴨說，「聖誕老人將給你的其中一份禮物留在我家了。」

　　突然，米奇想起自己將聖誕老人的禮物袋留在聖誕樹旁忘記收起來。他憂心忡忡地四處張望，然後發現禮物袋已經消失無蹤，取而代之的是一個盒子，上面有一個標籤，寫着：聖誕老人送上。

　　米奇打開那個盒子，盒裏有一個漂亮的玻璃球擺設，裏面有布魯托和米奇跟聖誕老人一起坐雪橇的情境。

　　米奇跟布魯托打了一個眼色。「對呀，昨晚的聖誕老人肯定跟以往不一樣！」他說，「各位，聖誕快樂！」

反斗車王
哨牙嘜勇救聖誕節

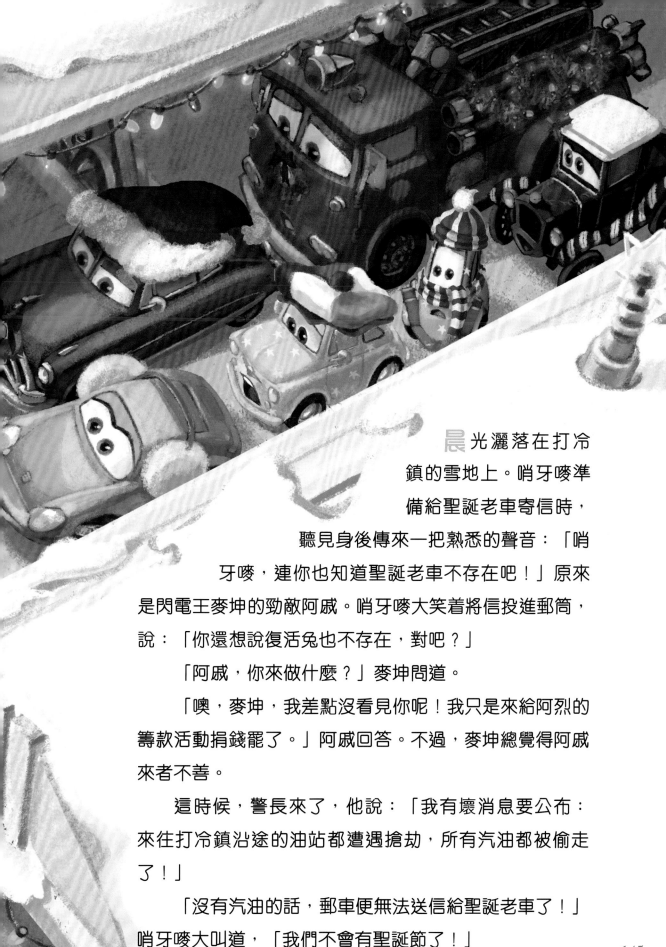

晨光灑落在打冷鎮的雪地上。哨牙嘜準備給聖誕老車寄信時，聽見身後傳來一把熟悉的聲音：「哨牙嘜，連你也知道聖誕老車不存在吧！」原來是閃電王麥坤的勁敵阿戚。哨牙嘜大笑着將信投進郵筒，說：「你還想說復活兔也不存在，對吧？」

「阿戚，你來做什麼？」麥坤問道。

「噢，麥坤，我差點沒看見你呢！我只是來給阿烈的籌款活動捐錢罷了。」阿戚回答。不過，麥坤總覺得阿戚來者不善。

這時候，警長來了，他說：「我有壞消息要公布：來往打冷鎮沿途的油站都遭遇搶劫，所有汽油都被偷走了！」

「沒有汽油的話，郵車便無法送信給聖誕老車了！」哨牙嘜大叫道，「我們不會有聖誕節了！」

　　哨牙嘍下定決心，駛到油泵旁。「把我的油缸盛滿吧，阿飛。」
他說，「我要到北極去，親自將信送到聖誕老車手上！」

　　「我也想為你加油，」阿飛說，「不過我這裏根本沒有汽油
呀！」果然，阿飛的油站也被盜賊光顧了！

　　哨牙嘍瞇起雙眼望向阿戚，只見阿戚正在油站附近，和他的朋
友偷偷地笑着。

就在這時，嬉皮客貨車輝哥壓低聲音，偷偷對哨牙唛說：「五點到圓頂屋找我。」

當哨牙唛抵達圓頂屋時，他發現輝哥自行生產了好些有機燃料。輝哥將他專為聖誕節製造的汽油全部注入哨牙唛的油缸裏，他要哨牙唛答應將他寫給聖誕老車的信放在整疊信的最上面。

「老友，永遠不要放棄你的信念啊！」輝哥說。

　　回到阿飛的油站後，哨牙嘜準備帶着給聖誕老車的信件出發。麥坤很憂心，他不能讓哨牙嘜獨自上路。「哨牙嘜，我和你一起去吧！」他說。

　　「不過，你連雪胎也沒有呀！」哨牙嘜提醒他。

　　麥坤知道應該怎樣做。他匆匆駛到勞佬車軚店，換上新的輪胎。這時，軍用吉普車沙展給麥坤送來他自己的雪具——一個掃雪機、幾盞大燈，還有霧燈！

　　「北極，我們來了！」哨牙嘜興奮地說。

沒過多久，哨牙嘜和麥坤便展開了前往北極的漫長旅程。他們在厚厚的積雪中前行。麥坤累透了，不過哨牙嘜仍然精神奕奕。

　　他們一邊前行，一邊高唱聖誕歌，讓自己保持清醒：

「聖誕老車來了⋯⋯」

　　「咚！」一聲，哨牙嘜撞上了一根布滿枴杖糖條紋的柱子。「是北極！我們到了！」他開心地大叫大嚷。

終點

歷史標誌

北方

25

路線

「先生，歡迎來到北極！」聖誕老車說。麥坤驚訝得目瞪口呆。「聖誕老車真的存在！」他說着深深吸了一口氣。

新朋友千里迢迢帶着信件來尋找他，聖誕老車感到很高興。不過他有一個壞消息要告訴哨牙嘜：「今年的聖誕節可能要取消了。」

「沒有聖誕節？」哨牙嘜失望地大喊道。

「帶着我飛遍全世界的馴鹿雪車被偷走了。」聖誕老車說，「它們需要一種秘製汽油才可以飛行。」

這時，哨牙嘜回想起阿戚和他的朋友曾經在阿飛的油站裏鬼鬼祟祟的樣子，十分可疑。「阿戚偷走了你的馴鹿雪車！」他大叫說。

　　「沒錯！」麥坤驚呼道，「他想要那些秘製汽油！為了在賽事中勝出，阿戚會不擇手段。」

　　「聖誕老車先生，我拖你到打冷鎮尋找馴鹿雪車吧！」哨牙嘜說，「不過，我們可能沒法及時回來挽救聖誕節。」

　　聖誕老車有一個更好的主意，他給哨牙嘜的油缸注滿馴鹿雪車的秘製汽油。

打冷鎮那邊，勞佬和阿佳在峽谷中偵查偷油賊。他們在一個懸崖上發現阿戚等車正在製造燃油。聖誕老車的馴鹿雪車也在那裏！突然，阿戚的兩個伙伴發現了勞佬和阿佳。

「你們來得太遲了！」阿戚向着阿佳和勞佬叫道，「我們已經生產出飛行用的秘製汽油了。我將在賽道上飛馳，再也不會成為閃電王麥坤的手下敗將了。你們知道最重要的是什麼嗎？那就是以後不會再有聖誕節！我的聖誕襪裏不會再有骯髒的汽油過濾器！既然我得不到聖誕禮物，那麼所有車都不可以收到聖誕禮物！」

突然，天空中響起了聖誕鐘聲。哨牙嘜飛越了高山，身後拖着麥坤和聖誕老車。阿佳和勞佬不知道為什麼哨牙嘜可以在空中飛行，阿戚卻很清楚，是聖誕老車把秘製汽油給了哨牙嘜。

阿戚馬上開車逃走，可是麥坤緊隨其後。聖誕老車也給他的油缸注滿了馴鹿雪車的秘製汽油呢！

阿戚快得像飛一般，不過他仍然不是麥坤的對手。阿戚駛進急彎時來不及轉軑，所以失控了。他翻滾着越過了懸崖邊緣，掉落在一片仙人掌叢裏！

藍天博士跟着哨牙嘜和麥坤一起到懸崖邊看阿戚的情況。

「來享受一下釣魚的樂趣吧！哨牙嘜，」博士說，「直接把它『釣』起來拖進監獄去！」

回到打冷鎮後，哨牙嘜、麥坤和其他鎮上居民，跟聖誕老車和他的馴鹿雪車一同慶祝偷油賊落網。

　　「好了，是時候回家了。」聖誕老車說，「我們已經耽誤了不少時間，要是沒有其他車幫忙，我怕來不及把所有聖誕禮物送出呢！哨牙嘜，你願意幫忙嗎？」

　　哨牙嘜的雙眼頓時亮起來了。今天真是驚喜連連，他不單親眼
看到傳說中的聖誕老車，嘗試了空中飛行的滋味，現在還有機會成
為聖誕老車的助手！

　　「當然沒問題！」他興奮地嚷道，「現在就出發派禮物吧！」

　　哨牙嘜和聖誕老車呼嘯着飛向天空，哨牙嘜俯視打冷鎮的朋友
們，大聲呼喊：「聖誕快樂，各位晚安！」